내 생의 가장 완벽한 순간

내 생의 가장 완벽한 순간

지은이 애너 퀸들런 | 옮긴이 유혜경

초판 1쇄 발행 2005년 8월 1일

펴낸곳 뜨인돌출판사 | 펴낸이 고영은
기획총괄 박철준 | 사업총괄 조윤제 | 마케팅책임 김완중 | 제작책임 정광진
편집장 인영아 | 책임편집 이영주
기획편집팀 방지선, 이경화, 안소현, 정유나
디자인팀 김미영 | 마케팅팀 이학수, 고은정, 오상욱

표지디자인 김은희 | 제작 정화인쇄

등록번호 제 1997-32호 | 등록일자 1997년 3월 31일
주소 121-840 서울시 마포구 서교동 396-46
전화 (02)337-5252 · 팩스 (02)337-5868
뜨인돌 홈페이지 www.ddstone.com | 노빈손 홈페이지 www.nobinson.com

책값은 뒤표지에 있습니다. | 89-5807-141-9 03840

내 생의 가장 완벽한 순간

being perfect

뜨인돌

　몇십 년 전 고등학교 졸업식에서 여학생이었던 내 모습을 회상해보니 스타벅스 입구에서 혹은 비행기 기내 통로에서 마주쳤던 낯선 사람에게 느꼈던 것처럼 그 여학생과 내가 많은 공통점을 가지고 있는 것 같다는 생각이 듭니다. 그 여학생이 무슨 옷을 입고 있었는지, 어떤 기분이었는지, 무슨 말을 했는지, 무얼 먹었는지, 무슨 책을 읽었는지 정확히 기억할 수는 없습니다. 하지만 그녀에 대해 이것만은 자신 있게 말할 수 있습니다. 완벽했다는 것.

　그렇다면 내가 무슨 말을 하려는 것인지 한번

따져봅시다. 그러니까 나는 매일 아침, 눈을 뜨면 모든 면에서 완벽해지려고 했다는 겁니다. 시험 때가 되면, 시험 공부를 열심히 했습니다. 숙제가 있으면, 빼먹지 않고 숙제를 했습니다. 복도에서 만나는 모든 사람들에게 미소를 지었습니다. 친절한 사람이 되는 것이 중요했기 때문입니다. 그리고 등뒤에서는 사람들을 놀렸습니다. 위트 있는 사람이 되는 것이 중요했기 때문입니다. 신문을 편집하고, 단합대회에서 응원을 하고, 문예 잡지에 과장된 글을 기고하고, 동창회가 있는 날엔 컨버터블 자동차의 뒷좌석에 타기도 했습니다. 만약 누군가가 나를 붙잡고 세운 다음 왜 그런 일들을 했느냐고 물었다면, 글쎄요, 과연 그 이유를 설명할 수 있었을지 잘 모르겠습니다. 하지만 지나고 나니 모든 면에서 완벽해지려고 그런 일들을 했다고 말할 수 있겠군요.

CINEMA

완벽해진다는 것은 힘든 일이었습니다. 특히 괴로운 것은 규칙들이 계속해서 바뀐다는 사실입니다. 그래서 1970년에는 칼같이 완벽하게 세운 주름치마와 이름 철자가 새겨진 완벽한 스웨터들이 가득 든 트렁크를 들고 대학에 들어갔습니다. 하지만 크리스마스 휴가 때는 또 다른 완벽한 유니폼, 이를테면 멜빵 바지와 터틀넥 스웨터에 통굽 구두를 신고, 절반은 지나치게 사색적이고 또 절반은 따분하기 짝이 없는 완벽한 뉴욕 대학의 정서를 지니고 있었습니다. 이것은 사실 참 어려운 일이었습니다. 나는 사르트르도 읽지 않았고 사포*도 읽은 적이 없었습니다. 탁상에 앉자마자 지겨워졌고 잠이나 청하게 되었습니다. 결국엔 완벽하게 된다는 것이 더 어려워졌습니다. 왜냐하면, 하나같이 지적인 완벽함을 고상한 예술의 경지로 승화시키는 것처럼 보이는 박식

* Sappho 혹은 Psappho라고도 씀. BC 610~580년경 소아시아 레스보스 섬에서 활동한 유명한 서정시인이다. 아름다운 문장으로 시대를 초월하여 추앙 받고 있음—역주

한 여성들을 공포로 몰아넣어 널리 유명해진 버나드 대학에서, 내가 이 세상에서 가장 똑똑한 여학생이 아니라는 것을 깨달았기 때문입니다. 결국 완벽하다는 것은 매일같이 벽돌을 가득 채운 배낭을 메고 다니는 일처럼 느껴졌습니다. 아, 나는 얼마나 그 짐을 내려놓고 싶었는지 모릅니다.

그래서 이 말이 어쨌든 당신에게 낯설지 않게 들린다면, 또 당신 역시 완벽하고자 노력하고 있다면, 아마도 오늘이 그 배낭을 내려놓는 날이 될 것입니다. 그런 다음 영혼을 원만하게 다듬는 일을 하게 되겠지요. 완벽하고자 노력하는 일은 빈틈없고 야심만만하고, 또 이 세상과 세상 사람들의 좋은 평가에 귀를 쫑긋 세우고 있는 사람들에겐 필수 불가결한 일일 수도 있겠지요. 어느 한쪽 면에서 볼 때 그것은 너무 힘든 일이지만, 또 다른 면에서 볼 때는 너무

THE
IXL
FILE
THE
IXL
FILE
TELEPHONE DIRECTORY

시시하고 쉬운 일입니다. 완벽해지기 위해 정말로 해야 할 일은 주로 당신이 살고 있는 시간과 장소의 시대적인 흐름을 읽고, 그 시대사조가 주문하거나 요구하는 것에서 최고가 되는데 필요한 가면을 쓰는 것입니다. 그것만 하면 됩니다. 이런 요구들은 물론 시시각각 변하지만, 당신의 머리 회전이 빠를 때는 그것들을 읽을 수도 있고 필요한 흉내를 낼 수도 있을 테지요.

하지만 중요하거나 의미가 있거나 아름답거나 흥미롭거나 위대한 것은 결코 모방에서 나오지 않았습니다. 정말 힘들고 정말 놀라운 것은 완벽해지는 것을 포기하는 일이며 당신 자신이 되기를 시작하는 것입니다.

읽어야 할 시대사조가 없고, 따라야 할 모델이 없으며, 써야 할 가면이 없기 때문에 이것은 더 어려

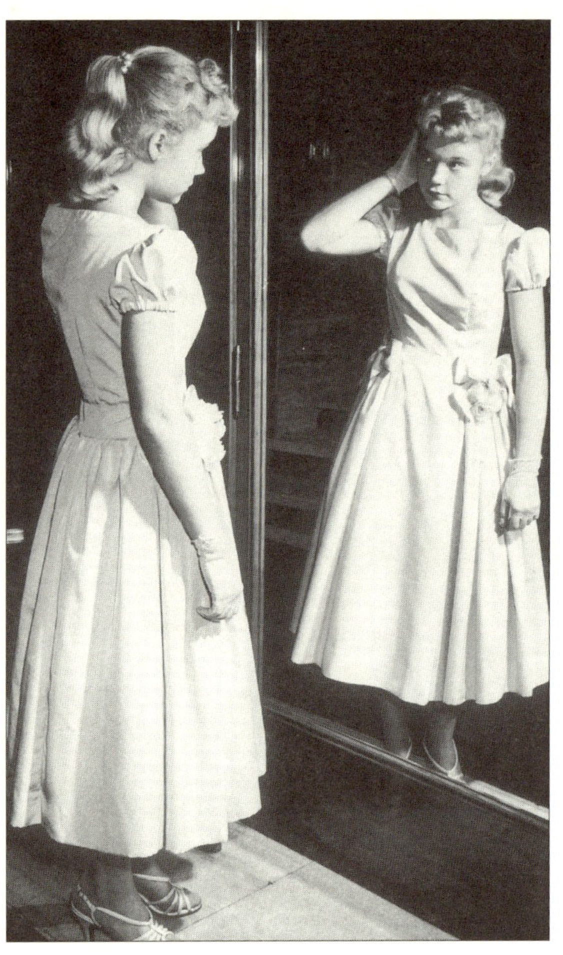

운 일입니다. 사실은 끔찍한 일이지요. 당신이 어떻게 행동해야 하는지 그 방법에 대해 친구들이 기대하는 것, 가족과 동료들과 지인들이 요구하는 것을 옆으로 제쳐놓고, 또 광고를 통해, 여흥을 통해, 경멸과 비난을 통해 이 문화가 내보내는 메시지를 못 들은 척해야 하기 때문입니다.

여성은 자녀를 양육하고 남성은 지도자 역할을 해야 한다는 전통적인 낡은 관념은 접어두고, 여성은 슈퍼우먼이고 남성은 압제자라고 하는 신(新) 개념은 잊어버리기 바랍니다. 가장 끔찍한 일부터 먼저 시작하십시오. 원점에서 시작하는 겁니다. 그런 다음 매일매일 당신이 만들고 있는 기회를 눈 여겨 살펴보는 겁니다. 그리고 당신이 어째서 그런 기회들을 만들고 있는지 의문이 들 때, 이 말을 떠올리세요. 그 기회들은 내가 원하는 것, 혹은 간절히 바라

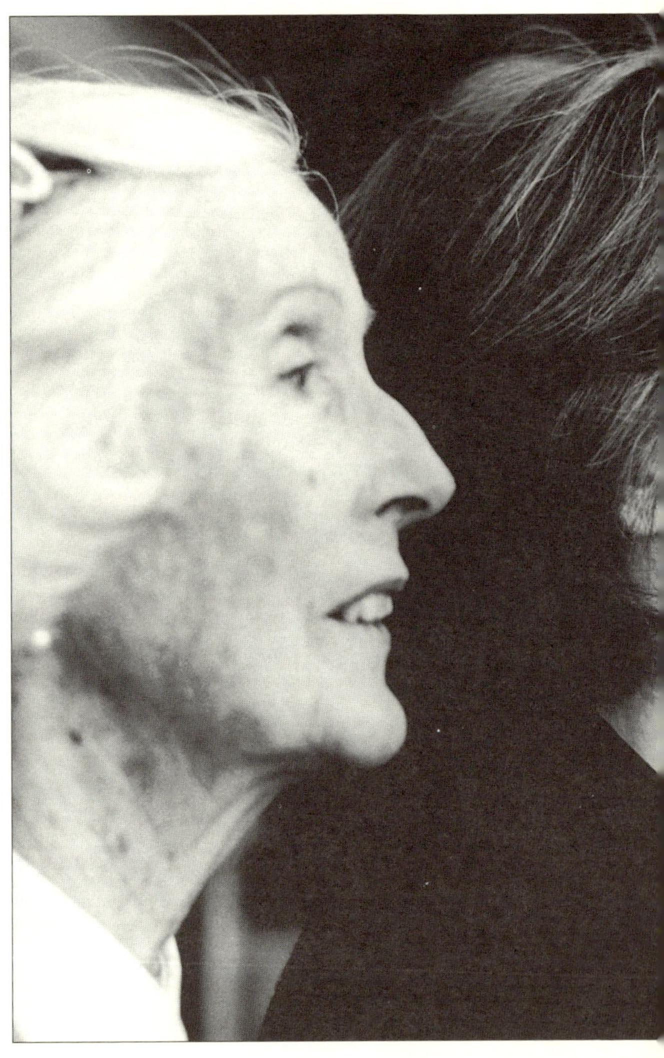

는 것, 그것들은 내가 누구인지 또 무엇을 하는 사람인지를 고스란히 반영하고 있기 때문이라는 것을.

이것은 현실적인 이 세상 삶에서 아주 힘겨운 부분입니다. 당신 안에 있는 내향적인 사람을 인정하고, 어릿광대와 예술가를 인정하고, 가정적인 사람을 인정하고, 괴짜와 사색가를 인정하는 일 말입니다. 자신의 내면을 들여다보세요. 그것은 가슴속에서 들려오는 멜로디에 맞춰 춤을 추는 일입니다.

불완전함과 더불어 살고, 다양함을 받아들이면서 조립 라인에서의 천편일률적인 방식을 버리기에는 지금이 가장 완벽한 순간처럼 보일 것입니다. 한때 인간의 행동을 규정짓던 비난들이 여러 가지 면에서 느슨해졌습니다. 호모와 레즈비언들도 사랑하는 사람들에게 떳떳하게 스스로를 드러낼 수 있습니다. 각기 다른 피부색, 출신, 그리고 다른 언어는 특

별한 것이 아니라 일상적인 것이 되었습니다. 별난 사람과 괴팍한 사람이 떳떳하게 발전할 수 있는, 심지어 성공할 수 있는 여지가 더 많이 생겼습니다. 지금까지 살면서 우리의 입장이 얼마나 달라졌는가를 알 수 있는 척도는 아주 사소한 데 있으며, 의복과도 관련되어 있다는 생각이 가끔 듭니다. 지금은 넥타이를 매야 하는 일이 한결 줄어들었습니다. 여성의 거들도 더 이상 필수품이 아닙니다. 지금은 내가 성장했던 세상보다 더 다양한 세상이 되었습니다. 감탄의 눈길로 빤히 쳐다볼 만한 것들이 너무 많아졌습니다.

그렇지만 이따금 옛 망령들이 일어나 전통적인 방식을 우리에게 고집스럽게 주장하곤 합니다. 듀크 대학교 총장이 학내 여학생들의 지위에 관한 조사를 의뢰하여 2003년 발표된 연구 결과는 놀랍기 짝이

없었습니다. 여대생들은 대학 문화 중에서도 '노력 없이 이루어지는 완벽함'에 대해 이야기하더군요. 즉 그들은 외모도 매력적이어야 하고 옷을 잘 입어야 하며 동시에 학문적으로도 유능해야 한다는 기대감을 받고 있다는 겁니다.

나는 그 말에 깜짝 놀랐습니다. '저절로 되는 완벽함'이라는 말 말입니다. 그 말은 분명 앞뒤가 맞지 않습니다. 심지어 완벽함이라고 하는 환상조차도 엄청난 노력을 요구하는 마당에 말입니다. 완벽해지려고 애썼던 하루가 끝날 무렵, 나는 항상 러닝슈즈를 신고 단숨에 모든 것을 다 처리한 것처럼 기진맥진했습니다. 어깨 주변의 근육은 완벽한 춤을 추는 동안 멈추어 있으며 당신이 잠들 때까지 움직이지 않습니다. 아니 그 근육은 실제로 절대 움직이지 않는지도 모릅니다.

하지만 저절로 되는 완벽함의 개념에서 가장 황당한 것은 엎드려 팔굽혀펴기에서부터 시 쓰는 일에 이르기까지 모든 일의 핵심은 노력이라는 사실입니다. 그렇습니다. 오자(誤字)나 탈자(脫字)도 없고, 창의력이 반짝이는 350페이지짜리 소설 텍스트 한 권이 기적처럼 하늘에서 떨어졌으면 하고 바랄 때가 있습니다. 하지만 솔직히 말해 '내가 소원하는' 지식의 샘에서 깜짝 쇼처럼 등장하는 소설, 논문, 시, 법률 보고서 혹은 강의 요강은 과연 어떤 것일까요? 컴퓨터의 출현으로 머지않아 그런 날이 오겠지요. 어쩌면 사람이 땀흘려 일하지 않은 어떤 것을 읽을 수 있을지도 모릅니다. 오직 노력을 통해서만 얻을 수 있는 것, 유형의 것에는 없는 것을 발견할지도 모릅니다. 그것은 영혼일까요? 열정일까요? 생생한 현실일까요? 굳이 대답을 해야 한다면 나는 이 세

가지 모두, 라고 말하고 싶군요.

컴퓨터도 그와 비슷하다고 생각합니다. 왜냐하면 완벽함이란 사람을 위해서가 아니라 기계를 위해 필수적으로 만들어진 천편일률적인 방법과 냉혹함을 합쳐놓은 것이기 때문입니다. 또한 완벽함은 다른 사람들과의 관계를 소원하게 만들기도 합니다. "완벽해진다는 것은 분명 매력적인 일이지만 또 그만큼 사람을 짜증나게 하는 일이기도 하다"라고 작가 루이 오킨클로스는 말했습니다. 그는 돈의 세계에서 보이는 신중한 겉모습에 관한 글을 쓴 적이 있습니다.

그러나 완벽함은 완벽함을 달성하고자 애쓰는 사람들도 괴롭게 하지만 스스로 결코 완벽해질 수 없다고 생각하는 사람들도 괴롭게 합니다. 완벽한 어머니(상상할 수 있는 모든 이상적인 사람들 가운데 가장 강인한 존재!)는 단지 그 모습을 드러내는 것만으로도 다른 여자들에게 패배감을 느끼게 합니다. 완벽한 학생은 모범 답안이라고 하는 금고 밖으로 한 발자국도 나갈 수 없으며, 절대 명예로운 실패로 추락할 수도 없습니다. 어쩌면 명예로운 실패를 했을 때가 A학점을 받았을 때보다 더 많은 칭찬을 받을지도 모르는데 말입니다. 완벽함이 요구하는 것은 일종의 틀에 박힌 방법입니다. 이 말을 자세히 들여다보세요. 마음속으로 그것을 한번 상상해 보세요. 끔찍한 강행군, 뛰어 넘어야 할 물리적인 적수. 이것들은 무슨 수를 써서라도 피하고 싶은 일이 아닌가요?

틀에 박힌 방법이 더 쉬운데도, 당신이 그것에 굴복 당할 수 없는 또 다른 이유가 있습니다. 그런 틀에 박힌 방법으로는 어떤 위대한 일, 아니 좋은 일조차 이루어지지 않기 때문입니다.

　　간혹 젊은 작가들을 만날 때가 있는데, 나는 우리가 하고 있는 일에 대한 압도적인 느낌, 모든 스토리가 이미 파헤쳐졌다는 느낌을 그들과 공유하는 것을 아주 좋아합니다. 《안나 카레니나》, 《황폐한 집》*, 《음향과 분노》*, 《앵무새 죽이기》*, 《윙클 인 타임》*을 읽어 보았다면, 굳이 또 다른 소설을 써야 할 이유가 정말로 없다는 것을 깨달을 것입니다. 모든 작가가 지금껏 그 누구도 쓰지 않은 무언가를 쓴다면 또 얘기가 달라지겠지만요. 그것은 작가 자신의 개성이며, 목소리가 되겠지요. 어느 작가가 피츠 제럴드를 흉내내고 있다면, 그 작가는 굳이 세상 밖으로 나올 필요가 없겠지요. 혹 어느 작가가 자신의 것을 독자에게 제공하는 것이 아니라, 독자가 원한다고 여겨지는 것을 제공하고 있다면, 그 작가는 일찌감치 글쓰기를 포기해야 합니다.

---

*《황폐한 집(Bleak House)》. 1853년 발표된 찰스 디킨스의 소설
*《음향과 분노(The Sound and the Fury)》. 1929년 발표된 포크너의 소설
*《앵무새 죽이기(To Kill a Mocking-bird)》. 1962년 발표된 하퍼 리의 소설
*《윙클 인 타임》. 마들렌 렝글의 어린이 소설

하지만 그 책이 작가의 품성, 자신의 진정한 삶의 모습과 정신을 반영하고 있다면, 그 작가는 독자들에게 새롭고 훌륭한 선물을 준 것이라고 할 수 있습니다. 물론 작가 자신에게도 같은 선물을 주고 있는 것이지요. 그리고 그것이야말로 참된 음악이고 예술이고 가르침이고 의학입니다. 누군가 '품행이 단정한 여자들은 역사를 만들지 않는다'라는 글이 적힌 티셔츠를 제게 보내왔습니다. 품행이 단정한 여자들은 훌륭한 변호사를 혹은 훌륭한 여성 사업가를 키우지 않습니다. 완벽함이란 정적(靜的)인 것이며, 심지어 지루하기까지 합니다. 모방은 잉여의 산물이 될 뿐입니다.

만약 당신이 젊다면, 앞으로 언젠가는 부모가 되겠지요. 당신은 당신의 부모님보다 그리고 부모님의 부모님보다 더 나은 부모가 되겠다고 스스로 다

짐할 것입니다. 하지만 세대를 거듭한다고 훌륭한 부모가 되는 것은 아닙니다. 그것은 세대와 상관 없는 지극히 개인적인 일입니다. 결국 이 모든 것은 이런 결론에 귀착합니다. 만약 당신이 자녀들에게 삶의 여정 내내 자신을 보호하는 등딱지로 몸에 익힌 습관과 매너리즘의 혼합물, 기대감과 두려움의 혼합물과는 전혀 다른 당신의 참된 자아를 보여줄 수 있다면, 당신은 그들에게 편협하고 인색한 이 세상이 기대하는 것에 전혀 신경을 쓰지 말라고 가르칠 수 있을 것입니다. 여기저기 튄 페인트 방울, 크레용으로 아무렇게나 갈겨 쓴 글씨, 그런 틈새에 색칠하기를 좋아하는 세상은 훨씬 더 만족스러울 것입니다.

그런 아이들을 위해 당신은 앞이 아닌 뒤를 돌아보며 어린 시절 당신 자신의 모습을 떠올려야 합니다. 더 젊고, 더 서투르고, 더 무모하고, 더 자유분

방했을 그때를 말입니다. 당신의 모든 것을 떠올려 보세요. 많은 장점뿐만 아니라 단점도 말입니다.

완벽함을 추구하다 보면 타인들의 잘못을 참을 수 없게 됩니다. "만약 사람들이 자신의 본성 중에서 초라한 면을 볼 수 있도록 교육을 받는다면, 친구들을 더 사랑하고 더 이해하는 법을 배울 수 있을 것이다. 조금만 덜 위선적이고 자기 자신에 대해서도 조금만 더 관대하다면, 우리의 이웃을 존중하는 일이 훨씬 더 쉬워질 것이다. 왜냐하면 우리 인간은 타고난 본성을 괴롭히는 부당한 권리 침해와 폭력을 친구들에게 전가하는 경향이 너무 강하기 때문이다."라고 한 칼 융의 말처럼 말입니다.

사람들에게 충고를 할 때 우리는 주로 무언가를 시작할 것을 권합니다. 가령 미래에 대한 도전, 새로운 세기를 위한 일 따위지요. 하지만 나는 미래에 대한 도전이 무엇인지 정말 모르겠습니다. 그리고 나는 아직도 새로운 세기를 위한 일을 하고 있는 중입니다. 제 경우엔 사람들에게 포기하도록 충고하는 것이 훨씬 더 마음 편합니다. 터무니없고 사람을 지치게 하는 완벽함을 추구하는 일을 포기해 보세요. 그것은 삶의 너무 많은 부분에서 우리를 집요하게 쫓아다닙니다. 우리 자신을, 우리의 진정한 자아를, 우리의 변덕과 약점과 미지의 세계로의 영웅적인 도약을 의심하게 하고 헐뜯게 하는 것은 다름 아닌 이런 완벽함에 대한 추구입니다. 쉰이나 예순 살이 되면 우리는 대부분 대여섯 살 때의 어린 시절로 돌아가고 싶어합니다. 그리고 그것은 충분히 끔찍한 일이지요.

하지만 더 끔찍한 것은 이런 겁니다. 미래의 어느 날, 당신은 어딘가에 앉아 있을 테지요. 버몬트

의 연못이 내려다보이는 벼랑길이나, 해 질 녘 그랜드 캐니언의 언덕, 지하철 좌석에 그리고 어떤 좋지 않은 일이 일어났습니다. 사랑하는 사람을 떠나보냈다거나, 당신이 간절히 원했던 일이 실패로 끝났다거나.

그리고 거기 앉아서, 당신은 당신의 중심으로 빠져듭니다. 당신을 떠받치고 있는 어떤 중심을 찾고 있습니다. 만약 당신이 평생토록 완벽했으며 또 가족과 친구와 직장과 사회의 모든 기대에 부응할 수 있었다면, 이런 기회는 아주 훌륭한 것입니다. 당신의 중심을 만날 수 있는 블랙홀이 바로 그 기회에 들어 있을 테니까요.

나는 그 끔찍한 기회를 내가 아는 누군가가 감수하는 것을 원치 않습니다. 그것을 피할 수 있는 유일한 길은 당신 내면의 작은 목소리에 귀를 기울이는 것입니다. 그 목소리는 당신에게 속삭입니다. 엉뚱한 행동을 해 봐! 재미있는 일을 해 보라고! 세상의 기대는 무시해버려! 다른 길로 한번 가 봐!

조지 엘리어트는 이렇게 썼습니다. "지금이라도 원래 되고 싶었던 다른 모습의 당신이 되는 것은 절대 늦지 않다."

또 절대 너무 이르지도 않습니다. 벽돌이 가득 든 배낭을 내려놓고 매일매일 깃털처럼 가벼운 느낌을 만끽해보시기 바랍니다.